내 귀는 거짓말을 사랑한다

시인 박후기 산문사진집

내 귀는 거짓말을 사랑한다

너라는 그리움을 찾아서

어디에나 있지만 어디에도 없는 현실을 찾아 나서는 것, 나는 그것이 여행이라고 생각했다. 언젠가는 돌아와야 하겠지만 언제나 떠난다는 설렘만이 전부인 양, 나는 떠났다. 떠나는 순간부터 현실과 멀어진다는 생각은 잘못된 것이었으나 나는 바로잡지 않기로 한다. 잘못 든 길이 현실이 되어 나를 힘들게 할지라도 나는 여전히 떠난다는 설렘을 잃지 않으려 노력해야 하기 때문이다.

내가 말하는 것과 내가 말하지 않으면 안 되는 것이 서로 다르듯, 내가 머무는 곳과 내가 머물고 싶은 곳은 달랐다. 이탈리아 어디에나 사람은 살았지만, 어디에도 당신은 없었다. 그러므로 어딜 가더라도 짧은 인사만 했을 뿐, 어느 누구에게도 그립다는 고백은 할 수가 없었다.
그리움은 내가 어딘가에 남겨 두고 온 감정이기에, 텅 빈 공항이나 깊고 어두운 골목 안 혼자 남겨진 시간 속에서도 차마 외롭다는 생각을 하지 못했다. 카메라 셔터를 누를 때마다 잠시 당신이 찰칵, 하며 나타났다 사라지곤 했다.

누군가 그리워질 때, 이제 그만 돌아갈 준비를 해야 한다고 나에게 타일렀다. 그것은 시간과 돈의 문제만은 아니었다. 나의 바람대로 정말 떠나는 삶을 유지하고 싶다면 다시 돌아가지 말아야 한다. 그것이 정든 집이든 그리운 당신이든 간에 다시 돌아간다는 것은 그리움을 잃는 것이기 때문이다.

어느 별의 지옥이 지구라고 누군가 말했다지만, 다시 그리움의 시절로 복귀하라고 한다면 나는 조금의 망설임도 없이 이탈리아를 찾아갈 것이다. 그리고 다시 당신의 이름을 호명하며 그리움을 불러낼 것이다.
내 귀는 아마도, 날 사랑한다는 당신의 거짓말조차 사랑하고 있는 것 같다.

2014년, 봄의 지옥에서 박후기 쓰다.

차례

차례

내 귀는 거짓말을 사랑한다

ⓒ박후기 2014

초판 1쇄 인쇄 2014년 3월 7일
초판 1쇄 발행 2014년 3월 7일

글 사진 박후기

펴낸곳 도서출판 가쎄 [제 302-2005-00062호]

주소 서울 용산구 이촌동 302-61 201
전화 070. 7553. 1783
팩스 02. 749. 6911
인쇄 정민문화사

ISBN 978-89-93489-38-5

값 15000원

내 귀는 거짓말을 사랑한다, 시작합니다

저 골목 끝으로

남몰래 아름다운 골목 하나쯤 간직하며 살고 싶다.
거기에 작은 카페 하나 문을 열고 있다면, 그보다 좋은 영혼의 아지트는 없을 것이다.

사랑하는 사람이 어느 날 당신의 얼굴을 피하는 게 느껴진다면, 그때, 바람처럼 저 골목 끝으로 사라져 버리자.

숨어 있기 좋은 저 골목으로 밤이 다리를 절며 당신을 찾아올 때까지, 비로소 사랑하는 사람이 그리움 하나 의지하며 밤과 함께 울며 당신을 찾아올 때까지.
아무도 모르게, 아무도 모르게.

내게 좀 더 빛을

소녀와 노인을 본다.
아무에게도 의심받지 않을 곳에서, 마치 "내게 좀 더 빛을"*이라고 말하는
듯한 노인의 몸짓과 빛을 등진 소녀의 호기심이 절묘하게 마주친다.
순간, 나는 괴테를 생각했다.

꽃이 모두 져버린 이날
다시 만나기를 희망할 수 있을까?
천국과 지옥이 네 앞에 두 팔을 벌리고 있다
사람의 마음은 얼마나 변덕스러운지!
더 이상 절망하지 마라!
그녀가 천국의 문으로 들어와
두 팔로 너를 안아주리라

괴테(1749-1832)가 74세였던 1823년에 쓴 시 〈마리엔바더의 비가(悲歌)〉다.
칠십의 노인에게 이토록 절절한 연애시를 쓰게 했던 사람은 당시 괴테가 사
랑했던 19살의 울리케 폰 레베초라는 소녀였다.
그러나 시간은 누구에게나 동일하게 흘러갔고, 청춘의 절정을 향해 가고 있
는 울리케에 대한 괴테의 사랑은 이루어질 수 없었다.

그럼에도 불구하고, 누가 사랑의 시작을 의심할 수 있으랴.
사람은 늙어도 사랑은 늙지 않는 것을…….

---

* 괴테의 유언.

내 마음이 당신을 보고 있어요

관심이란 말은 '내 마음이 당신을 보고 있어요'라고 풀어서 이야기할 수 있다.
즉, 나는 당신을 좋아하게 될지도 모릅니다, 라는 말이 될 수도 있는 것이다.

처음 당신을 만나기 전 당신의 신발과 옷과 미소 같은 것은 나와는 전혀 상관없는 누군가의 취향이었을 뿐이었다.
그러나 내 마음이 당신을 쳐다보게 되는 순간, 그 누군가의 취향은 나의 관심이 되어버린다.

너무도 오래된 아버지

아버지의 뒷모습은 언제 꺼내 읽어도 상관없는 오래된 신문 같다.
새 소식은 없지만, 구겨지고 바란 등과 바지에 새겨진 세월의 주름을 읽다
보면 숱한 사건과 사고 속에서도 자식들을 지켜온 헌신이라는 글귀가 보인
다.
문득, 아버지라는 신문의 발행일을 들여다본다.
아, 그때는 아직 내가 세상에 없을 때, 너무도 오래된 아버지……

날 불렀어요?

로마시청 앞 코르도나타 계단 위에서 그녀를 보았다.
밀라노 두오모는 아니었지만, 나는 냉정과 열정 사이의 아오이를 생각했다.
그녀가 내 옆을 지나갈 때, 나는 나지막한 소리로 그녀를 불렀다.
그녀는 아무 말도 하지 않았다.
내가 준세이가 아니듯, 그녀 또한 아오이가 아니었다.
그러나 로마에서마저 굳이 그것을 인정할 필요는 없었다.
우린 언제나 누군가를 만나러 가는 중이었으니까.

사랑이라는 이유

무례한 사람은 마치 허락 없이 남의 서랍을 뒤지는 것처럼, 사랑이라는 이유로 상대방의 마음을 온통 어지럽게 뒤집어 놓곤 한다.

그런 당당함이 어디에서 오는 것인지 알 수는 없지만, 최소한 그런 행동이 사랑의 영역이라고 나는 생각하지 않는다.

누군가는 사랑이라는 이유로 뺨을 맞기도 한다.
그런데도 아무런 일 없었던 것처럼, 울면서 마음을 추스르는 우리는 누구인가?

이게 다예요!

너의 글엔 왜 사랑밖에 없느냐고, 누군가 내게 말했습니다.
나는 뒤라스의 말을 인용해 사랑을 대변합니다.
이게 다예요! 라고.

정치적 견해가 달라도 사랑은 등 돌리지 않아야 합니다.
사랑에 대한 인식의 차이를 인정하되, 사람에 대한 차별을 두어서도 안 되
는 것이지요.

사랑이 어떤 목적을 가지게 되면 그땐 이미 사랑이 아니라고 생각합니다.
같이 잠을 자기 위해서라든가, 하던 일을 그만두기 위해서라든가 그 무슨
이유라도 사랑 이전에 목적을 가지면 안 되는 것이지요.
서로 사랑함으로써, 그러한 이유가 생긴다면 모를까.

영혼의 방치

당신은 당신을 에워싸고 있는 것들, 가령 바람, 피부, 숲, 죽음, 세포, 불안 그리고 당신을 사랑한다고 말하는, 얼마간 당신을 둘러싸고 떠도는 또 다른 인간에 대해 얼마나 알고 있는가.

바람은 내 몸속까지 불어갈 수 있는 건지, 피부의 두께와 세포의 수와 혈관의 길이는 얼마나 되는지, 문득문득 떠오르는 죽음과 그로 인한 불안은 우리의 영혼에 독이 되는지 득이 되는지……
제 몸 하나 들여다보지 않고 우주를 이야기한들 무슨 소용이 있겠는가. 죽음을 들여다보지 않고, 하물며 땅바닥에 떨어진 씨앗을 들여다보지 않고 어찌 생사를 말하겠는가.

그러다가 무언가 당신을 건드리면 기다렸다는 듯이 와락 눈물을 쏟아 버리며 쏟아진 내부를 들여다보는 것도 자신을 들여다보는 한 방법이겠지. 그때를 놓치면 당신은 타인의 시선과 강요된 기품 때문에 마음 놓고 울 수 없을지도 모를 테니까.

조문 가서 망자의 사진을 들여다보는 몇 초 동안 머릿속을 스치는 것이 내가 아는 죽은 자의 일생이라고 생각한다면, 우리는 너무 긴 시간 동안 우리 몸과 영혼을 방치하고 있는 것은 아닌지.

너에게 나를 들키다

그리움이란……
누가 부르지 않아도 마음의 밖을 내다보는 일이다.
소리 없이 내 마음속에 다녀간 네가 내 예감에 들키는 일이다.
발자국만 남긴 도둑처럼, 말없이 나를 들키는 일이다.

사랑한다면 말을 아낄 것

기도는 다자(多者)의 웅성거림이지만, 혼자만의 중얼거림이기도 하다.
그것은 다만, 충분히 말을 아낀 뒤의 중얼거림이어야 한다.

사랑한다면, 기도처럼 말을 아끼고 사랑하는 이를 생각하며 눈을 감을 것.

모자는 너무 많은 것을 알고 있어요

길을 걸어가며 편지를 쓴 적 있어요.

막 떠오른 생각을 떨어뜨릴까봐, 잠시 찾아온 당신을 놓칠까봐 볼펜을 꺼내 들고 종이에 글을 쓴 적이 있지요.

걸어가며 글을 쓰는 습관은 종종 나를 막다른 골목으로 밀어 넣곤 해요.

편지는 언제나 안녕! 으로 끝을 맺지만 내 마음은 언제나 안녕? 하며 이어지 길 바라고 있다는 걸 알아요.

사랑은 모자와 같아서 몸에 꼭 맞지 않으면 어딘가 모르게 불편하고 또 불 안하지요.

모자는 나에 대해 너무 많은 것을 알고 있어요.

내가 너에게 갇히는 것, 사랑이란

골목 안에 갇힌 바람은 몇 년 동안이고 그곳을 빠져나가지 못한 채 이리저리 헤맬 때가 있다고 누군가 말했다.
나는 그의 말도 일리가 있다고 생각했다.

우리의 삶 또한 갇힌 바람처럼, 저 골목을 벗어나지 못하고 같은 길을 맴돌고 있는 것이다.
그러나 저 갇힘 속에서 우리의 사랑과 첫 키스가 태어났으며, 저 갇힘 속에서 안식과 온기가 생겨났다.

사랑이란, 내가 널 가두는 것이 아니라 내가 너에게 갇히는 것이다.

반음은 아무래도 좋아요

오늘은 G 코드가 좋겠군요.
당신의 목을 부드럽게 조르기 위해서 나는 내 정신 줄을 조이며 튜닝을 시
작합니다.
여전히 당신은 F# 코드에 놓여 있지만, 반음은 아무래도 좋아요.

사탕을 들고 당신에게 달려가던 사내의 달뜬 목소리가 반음이 높았다는 것
을 당신은 모를 겁니다.
아, 이유를 알 수 없는 떨림에 대해서는 당신도 모르는 편이 좋겠습니다.

사랑은 스탠스가 중요하다고 누군가 말을 합니다.
어깨너비로 발을 벌리고, 나는 당신 마음 한구석에 겨우 버티고 서 있습니다.

같은 곳을 본다는 것

같은 곳을 바라볼 때 사랑은 완성되고, 한 몸이었으나 어느 순간 서로 다른 곳을 향할 때 결국 사랑은 깨어지고 만다.
사랑의 끝이 예감될 때, 어찌 된 일인지 우리는 대개 같은 곳을 보지 않으며 서로의 얼굴을 보는 일조차 지겨워한다.

서로의 눈을 통해 같은 곳을 보는 것, 그것이 상대의 얼굴을 만지는 일보다 사랑을 더 오래도록 지속시키는 일인 것만은 분명하다.

결혼을 부탁해

첫 결혼식은 아니라고 누군가 말해 주었다.
나는 그들의 첫 결혼 여부가 중요한 것은 아니라고 생각했으나 굳이 입 밖
으로 그 말을 꺼내진 않았다.

사실, 세상의 모든 결혼이 사랑이라는 내용으로 유지되지는 않는다.
자의든 타의든 한 번 결혼의 문턱을 넘어섰다면, 사회적 지위든, 경제적 형
편이든, 자식의 미래를 위해서라도 결혼이라는 형식을 유지하면서 어쩔 수
없이 살아가는 경우가 적지 않다.

물론, 세상의 그 모든 사랑이 결혼이라는 형식을 갖추고 있는 것 또한 아니
다.
세상의 모든 결혼이 사랑을 담보하고 있는 게 아닌 것처럼.

지금도 이 순간에도 누군가는 죽도록 결혼을 하고 싶어 하고, 또 다른 누군
가는 죽도록 이혼을 하고 싶어 한다.

왜 우리들의 용기는

골목은 혈관이다.
우리는 골목을 돌고 돌며 살아간다.
아침마다 출근 시간에 쫓겨 골목을 내달리는 우리는 하루 종일 혈관을 돌고
돌아 저녁에야 겨우 집으로 돌아온다.
밥이 익고 찌개가 끓기도 하지만, 가끔 밥그릇이 날아다니고 상다리가 부러
져 밥상이 주저앉기도 하는 우리들의 집구석은 피가 끓는 도가니다.

그러나 구석구석 피가 돌지 않으면 몸은 썩게 되고, 골목이 막히면 우리네
생도 막힌다.
골목은 서로를 이어주는 작은 핏줄이며 말초신경이다.

왜 우리들의 용기는 낮에는 집을 비우고 사라졌다가 어두운 밤만 되면 슬그
머니 술기운과 함께 일어서는가.

사랑을 해석하지 말 것

시를 읽을 때 어느 한 구절에 눈길이 간다면, 그 한 구절이 그 시의 전부이다.

누군가의 얼굴이 자꾸 떠오른다면, 그 순간만큼은 그 사람 얼굴이 당신의 전부이다.

느낌을 분석하려 하지 말자.
사랑을 해석하려 하지 말자.
꽃이 어디 분석하고 피어나던가?

함께 밤을 건너가다

말(言)은 부드러운 손길처럼 건네야 한다.
내가 너를 설득할 수 있고 내가 너에게 설득당할 수도 있는 것이다.
이해, 그것이 사랑의 전제 조건이다.

우리가 함께 밤을 건너갈 때 누군가의 웃음소리와 손길, 혹은 건네주는 한
마디 말이 없다면 그것처럼 두려운 일도 없을 것이다.

흐릿할지언정, 너의 미소가 곁에 있기만 해도 한밤의 이불 속처럼 포근해지
는 것이다.

다시 시작하는 연인들에게

다시 시작하는 연인들이여.
옛날의 애인은 잘살고 있는지 더 이상 궁금해하지 말자.
아무리 뒷모습일지언정 그것이 나를 향하고 있는 것은 아니지 않은가.

사랑과 죽음

아무리 문을 잠그고 몸을 잠근다 해도 죽음은 어김없이 그리고 예외 없이 찾아온다.
죽음은 인간의 몸속에 뱀처럼 똬리를 틀고 들어앉아 이십 년이고 칠십 년이고 견디며 노쇠한 몸이 늘어지고 마음이 한없이 약해질 때까지 기다리고 또 기다린다.

공원묘지를 보라.
죽음들은 서로 곁을 주고 의지하며 생전의 시간보다 더 긴 시간을 견디고 있다.

하물며, 우리가 찰나의 사랑을 견디지 못할 이유는 없는 것이다.

사랑은 죽어도 그리움은 남는 것

쎄라비(C'est la vie)!
이것이 인생이다, 라고 했을 때 죽음과 함께 마지막까지 남겨진 것이 그 사람 살아온 생의 전부이다.

가령, 장례식장 안내판 위에서 명멸하는 이름과 영정 앞에 모인 단출한 가족들, 모든 옷은 벗겨지고 맨몸으로 던져지는 주검, 그리하여 다시 몇 조각 뼈로 남겨진 일생.

그 사람을 꾸며주던 그 많은 장식과 수사들은 다 어디로 갔는가.

사람이 죽을 때 사랑도 함께 죽지만, 그리움은 되살아나 우리 곁에 남는다.

죽음을 기억하라

사는 게 살얼음 위를 걷는 일이라는 것을 우리는 결국 얼음장이 깨지고 나서야 깨닫는다.
대개는 유서 한 장 쓸 만한 마음의 여유조차 갖지 못하고 삶을 마감한다.
우리는 무엇을 위해 그리 바쁘게 사는 것일까.

100세 되던 해 스스로 음식 섭취를 끊어 죽음에 이른 스코트 니어링의 유서를 읽는다.
"인생의 마지막 순간이 오면 나는 자연스럽게 죽게 되기를 바란다. 나는 병원이 아니고 집에 있기를 바라며 어떤 의사도 곁에 없기를 바란다. 의학은 삶에 대해 아는 것이 거의 없고, 죽음에 대해서도 마찬가지니까."

가끔은 다른 이의 유서를 읽거나, 나에게 보내는 편지를 써 보자.
글을 읽는 동안만이라도 우리의 삶은 이전보다 훨씬 경건해질 것이다.

사랑과 노년의 가장 큰 적, 반복

어느 정도 나이가 들면, 우리가 눈감고도 할 수 있는 일이라고 생각하는 것들이 있다. 이를테면, 단추 끼우기, 밥숟가락 제 입안에 집어넣기, 제집 찾아가기 등이 그것이다.

그런데 자막이 도를 넘거나 판단이 흐려지면 첫 단추를 잘 못 끼우는 것은 물론이요, 그로 인해 채워진 모든 단추를 다시 풀어야 하는 일이 생기기도 한다.

어디 그뿐인가.

나이가 들면 단추 끼우는 짓뿐만 아니라, 밥숟가락 입에 넣는 일이며 제집 화장실 드나드는 일도 제대로 하지 못하는 날이 오고야 만다.

반복, 그것은 사랑과 노년의 가장 큰 무기이자 가장 큰 적이다.

살아갈 때의 믿음이란

살아갈 때의 믿음이란……

우리가 사랑할 때, 살아갈 때의 믿음이란……

두 사람이 같은 곳을 보면서 한 사람의 말을 키담아들어 주는 것.

두 사람이 같은 곳에 있을 때보다 서로 떨어져 있을 때 한 사람의 말을 더욱 키담아들어 주는 것.

그리고 무엇보다도 사랑하는 이가 내 말을 이해할 때까지 기다려 주는 것.

어떻게 살아왔느가보다 어떻게 사랑할 것인가를

당신이 어떻게 살아왔느가보다는 우리가 어떻게 사랑할 것인가에 대해 생각을 집중해야 해요.

그리운 당신에게로 시작하는 첫 문장

아침 일찍 맨 처음 교실 문을 열고 들어서설 때의 느낌처럼 아직은 아득이 세 가시지 않은 시점이지만, 아직은 어머니의 따뜻한 손길이 필요한 시간이지만 나는 처음 터지는 장가의 꿈망울입니다.

새로 산 노트를 펼치면 하얗게 번지는 배지의 숨결, 처음 만나는 친구도 처음 느끼는 사랑도 그렇게 문지 않았으면 좋겠습니다.

하지만 생은 부단히 무언가를 채워나가야 하는 빈 노트 같은 것, 걸장이 해질수록 소중한 내용들이 빈칸을 메우리란 것을 알고 있습니다.

마지막 장에 이르러 목숨이라는 생의 필기도구를 조용히 내려놓을 때, 다시 읽어도 부끄럽지 않을 그런 내용을 담고 싶습니다.

오늘 아침엔 '그리운 당신에게로 시작하는 아름다운 첫 문장을 쓰고 싶습니다.

그리움은 목이 마르다

그리움은 언제나 목이 마르다.

너라는 사랑, 너라는 마음, 너라는 기다림, 너라는 원망……
그리고 너라는 그리움 때문에 나는 목이 마르다.

내가 물이 될 수만 있다면, 너의 갈증을 씻어줄 수 있을 텐데.

나는 언제나 너에게 한 모금의 물이 되고프구나.

고백해야 비로소 사랑이 된다

막 고백하려는 순간처럼, 구름은 낮았고 그늘은 흐릿했다.

오래된 성당 뒤뜰.
연신 담배를 피우며, 마치 금방이라도 울음을 터뜨릴 것만 같은 표정의 여자는 외로워 보였다.
끊임없이 말을 하는, 그러다 가끔 말없이 먼 곳을 응시하는 여자는 성당 벽외에 더 이상 기댈 곳이 없어 보였다.
곁에 앉은 신부는 과묵했으나 어딘가 불안해 보였다.
모르는 척, 그 앞을 지나가다 알아들을 수 없는 나라의 말을 엿듣고 말았다.

고백하는 순간, 사랑은 너와 나의 일이 되고 구름은 비가 되어 내린다.

언제나 아직 도착하지 않은 당신

길은 멀어도 목적지가 있는 사랑은 흔들릴지언정 행복하다.
밤은 길고 어둡지만 돌아갈 곳이 있다는 것은 얼마나 큰 다행인가.

날이면 날마다 아직 도착하지 않은 당신을 기다린다, 사랑이여.

절실하다는 말

조금 아프면 살고 싶다는 생각이 절실하지만, 많이 앓으면 죽음이 절실해지
는 것 같다.

가만 살펴보니, 어떤 절실함도 그때뿐이었다.
살아나면 그때를 잊었고, 죽으면 그것으로 끝이었으므로.

여자들의 우정이란

남자들의 우정은 함께 뛰고 싸우는 것으로부터 시작합니다.
그것과 달리, 여자들의 우정이란 함께 걷고 이야기 나누는 것으로부터 시작
하지요.

우정이란, 함께 걷는 것이 전부일는지도 모릅니다.
비밀을 '너' 와만 공유하는 것이 전부일는지도 모릅니다.

너라는 문

사랑, 그것은 언제나 문밖에서 떨고 있다.
혹은, 몸 안에서 떨고 있다.

어쩌면 문을 열까 말까 망설이다 당신의 생애가 저무는 것인지도 모른다.

문을 열고 밖으로 나가거나, 문을 열고 내 안으로 받아들이기만 하면 되는 것인데 죽을 때까지 망설이기만 하는 것이다.

얼마나 많은 사랑이 문밖에서 짧은 생을 마치고 돌아가는 것인지.

아빠의 어깨 위로 올라갈 수 없을 때

아빠의 사랑은 키가 크다.
그러나 자식은 키가 클수록 아빠에 대한 사랑이 작아진다.

더 이상 아빠의 어깨 위에 올라갈 수 없을 때, 우리는 땅으로 내려와 아이를
낳고 그 아이를 자신의 어깨 위에 올려놓는다.
아버지가 그랬던 것처럼.

안녕, 보이저

나는 글을 쓰다가 잠시 눈을 감는 버릇이 있다. 먼 곳을 여행하며 떠돌던 시절, 낯선 곳에 주저앉아 책을 읽으며 마음에 드는 구절을 두세 번 눈길로 언더라인 하던 때부터 갖고 있던 버릇이다.

2차 세계대전 당시 한 영국 군인이 고향에 있는 연인을 생각하며 프랑스 노르망디에서 띄워 보낸 유리병 편지가 50년 후에 발견되었다는 글을 읽었을 때, 나는 편지를 쓰는 행위의 목적은 전달이라는 생각을 했다. 편지를 보낸 이도 받아야 할 사람도 모두 죽고 난 뒤에 발견된 편지가 목적을 달성했다 할 수는 없을 것이다.

하지만 답장이라는 것이 어떤 모습으로 현현되든 간에, 누대에 걸쳐 그래 왔듯이, 우리는 기다리고 또 기다리는 것이다. 이마의 피와 땀을 닦으며 종이 위에 써내려가던 간절한 마음이어도 좋고, 그리움으로 재림하는 메시아여도 상관은 없다.

책상 앞에 앉아 편지를 쓰는 마음으로 생각들을 적어 내려간다. 물론 도중에 인터넷을 통해 메일을 검색하기도 했고, 읽다가 만 책을 잠시 펼쳤다 다시 접기도 했다. 아, 걸려온 전화를 받기도 했다. 한 번은 짧게 한 번은 길게, 그렇게 두 번.

지난 2008년 2월, 나사(NASA)는 창립 50주년을 기념해 비틀즈의 노래 'Across The Universe'를 우주로 쏘아 보냈다. 노래가 궁극적으로 닿게 될 목적지는 작은곰자리의 북극성으로 지구로부터 431광년 떨어져 있는 곳이다. 빛의 속도로 전파가 날아가도 431년 후에나 이 노래가 북극성에 도달한다. 북극성에서 비틀즈의 노래를 듣고 바로 감상평이 담긴 답신을 보낸다고 해도 우리는 노래를 보낸 지 862년 만에 지구에 도달한 메시지를 듣게 될 것이다. 그들(?)이 노래를 좀 더 듣길 원한다면 몇 년 정도는 더 늦춰질 수도 있겠지만.

내가 글을 쓰는 일 또한 북극성에게 편지를 보내는 행위는 아닐까 싶다. 마음과 몸이 적막한 상태에서 숨 고르며 먼 길을 가는 일이 글쓰기가 아닐까 생각한다.

보이저 2호는 1977년 8월 20일에 보이저 1호는 같은 해 9월 5일에 각각 발사되었다. 두 대의 보이저 우주선은 태양계 내의 목성, 토성, 천왕성, 해왕성과 거기에 달린 48개의 위성 및 자기장에 대한 탐사를 모두 마쳤다.

보이저 1호는 1998년 2월에 파이오니아 10호를 추월해 현재까지 발사된 우주선 중 가장 먼 거리를 날아가고 있다. 보이저호엔 금도금 된 12인치 레코드판(The Sound of Earth)이 실려 있다. 여기에는 지구의 생명과 문화의 소리와 그림 그리고 도형 숫자 등과 55가지 언어로 된 인사말이 담겨 있다.

아, 글렌 굴드가 연주한 4분 48초짜리 '바흐, 평균율 클라비어곡집 제2권 중 제1곡 전주곡과 푸가 다장조'가 실려 있다. 글렌 굴드, 살아서 홀로 외롭게 떠돌더니 그의 음악 또한 그가 죽은 뒤에도 고독하게 암흑 속을 떠다니는 것이다.

현재 보이저1-2호는 태양계를 벗어나고 있다. 나사와 통신은 두절된 상태이고, 대략적인 위치는 태양계와 우주의 경계선인 헬리오시스(heliosheath)를 지나가고 있는 중이다. 인간이 만든 물체 중 가장 멀리 비행한 것인데, 이동 속도는 시속 73,600km라고 한다.

내가 보이저 우주선들보다 외롭지 않다고 말할 자신이 없다.

그나마 사랑 때문에 고요를 만나게 되었으니, 조금 더 적막해질 수밖에…….

사랑이 밥 먹여주다

사랑이 밥 먹여준다는 말, 틀린 말 아니다.
그러나 안타깝게도 밥 먹여주는 사랑은 생각처럼 오래가지 않는다.
남편과 아내에게 건네주던 반찬이 자식의 입속으로 들어가는 날을 기준으로 사랑은 이전과 이후로 갈린다.

아, 나는 사랑이 밥 먹여주는 아름다운 모습을 본 적이 있다.
몇 해 전 가까운 지인이 간암 말기 판정을 받고 암 병동에서 투병 중이었다.
이 소식을 어찌 알았는지 지인의 오래전 첫사랑이 찾아왔고, 그 여인은 간성혼수에 빠져 사선을 넘나드는 첫사랑의 입술에 손가락으로 물을 적셔주며 미음을 떠먹였다.
그리고 첫사랑의 귀에 대고 무슨 이야기인가를 오래도록 속삭여주곤 했다.

사랑이 먹여주는 밥을 드시고, 얼마 뒤 지인은 조용히 눈을 감았다.

내 귀는 거짓말을 사랑한다

책을 핥고 싶습니다, 고양이처럼.
고양이가 책을 읽는지는 잘 모르겠지만, 나도 그리움을 핥고 싶습니다.

책을 펼쳐야 비로소 글을 만나게 되듯, 만나야 비로소 사랑을 읽게 됩니다.
사랑을 잃고 펼쳐 읽는 책 속엔 거짓말로 가득 차 있습니다.

당신이 떠난 후, 비로소 나를 사랑한다는 당신의 거짓말마저 사랑하게 되었
습니다.

어긋난다는 것

어긋난다는 것은 단 한 번이라도 스쳤다는 것을 의미한다.
스치지 않는다면 어긋남도 없을 것이다.

사랑과 이별 또한 다르지 않다.
사랑이 없다면 이별도 없을 것이다.
하지만 이별이 두려운 나머지 어렵사리 찾아온 사랑을 거부하는 것처럼 바보스런 짓은 없을 것이다.

사랑하는 사람의 신발

타인의 신발에 몰래 내 발을 넣어본 적 있다.
그때, 발뒤꿈치를 타고 올라오던, 마치 타인의 삶이 내게 말을 걸어오는 것
같은 느낌을 오래도록 잊을 수 없었다.

누군가를 사랑한다면 한 번쯤 사랑하는 이의 신발을 들여다보자.
그 사람이 나에게로 걸어온 시간을 들여다보자.
나 때문에 닳아버린 그 사람 자존심의 뒤꿈치를 들여다보자.

격렬과 비열 사이에 사랑은 있다

사랑의 열병을 앓던 밤, 어쩌면 그렇게 보고 싶은 얼굴이 외로운 섬처럼 떠오르는지 알 수 없었다.

격렬하게 살고 격렬하게 사랑하고 싶다는 생각을 할수록 자꾸 비열해지는 내 모습이 보였다.

사랑 때문에 격렬하게 싸워 본 사람은 안다.
때론 도피가 사랑을 지킬 수 있는 방법이 된다는 것을.
그것은 결코 비열이 아니다.

격렬과 비열 사이 어딘가에 사랑은 있다.

흔들리며 가는 생

요람에서 무덤까지, 흔들리며 가는 게 생이다.

10번 교향곡의 비밀_1

말러의 오두막은 작은 나무 상자 같았다.
소로우의 그것이 자기 의지의 실천을 위한 것이었다면, 말러의 오두막은 상처받은 예술혼의 고립을 자처하기 위한 것이었다.

딸의 죽음과 아내와의 이혼, 사랑하던 연인의 배반을 끌어안은 채 구스타프 말러는 이 작은 오두막으로 들어와 스스로 갇혔다.
그는 죽음과 고통과 절규를 불러내 오두막에서 함께 기거하며 교향곡 9번과 10번을 작곡했고, 10번은 그의 마지막 작품이 된다.

'10번 교향곡에 우리가 알아서는 안 될 무언가가 숨어 있는 건지, 9번이 한계인 것 같다. 9번 교향곡을 쓴 작곡가들은 이미 죽음에 너무 가까이 다가가 있었다' 는 쇤베르크의 말을 생각한다.

미완인 채로 남겨진 말러의 교향곡 10번처럼, 우리의 삶도 언제나 미완인 채로 끝나는 것이겠지만 생이든 사랑이든 다시 돌아올 일이 걱정된다면 그건 아직 떠난 것이 아니다.

10번 교향곡의 비밀_2

저 창문으로 밖을 내다보며, 말러는 그에게 너무 가까이 다가온 죽음의 그림자를 보았을까?

10번 교향곡의 비밀_3

음악에서 가장 중요한 것은 악보에 없다고 말러는 말했다.
하지만 말러의 사랑과 슬픔과 죽음은 악보에 적혀 있었다.

심장병으로 고통받으며, 또한 아내 알마의 사랑이 멀어졌다는 것을 느끼면서 말러의 정신은 더욱 피폐해지기 시작했다. 그는 1909년 교향곡 9번을 작곡하면서 악보에 'Oh Beauty, Oh Love, Oh Farewell(아름다움과 사랑에 작별을 고한다)' 이라고 썼다. 주변에서는 '죽음을 기다리는 자의 마지막 고백' 이라고 글을 해석했다.

알마는 젊은 건축가 발터 그로피우스와 사랑을 나누기 시작했고, 말러는 아내의 외도를 알게 된 1910년 여름 이후 프로이트를 만나 고민을 털어놓은 후 교향곡 10번을 작곡하기 시작한다.
이탈리아 도비아코(당시엔 오스트리아령)의 오두막에 들어 비탄에 잠겨 쓴 교향곡 제10번은 말러에게 유언장이 되었다. 1911년 5월 18일, 말러는 뉴욕 공연을 마치고 돌아와 빈에서 숨을 거둔다. 교향곡 제10번 악보의 마지막 페이지 여백에는 다음과 같은 그의 유언이 적혀 있었다.

"오직 당신만이 이 뜻을 이해할 테지. 안녕, 안녕, 나의 리라. 당신을 위해 살고 당신을 위해 죽는다, 알마."

한 사람의 관심 속에서만 사랑은 피는 것

아버지, 당신들은 어느 날 갑자기 집으로 돌아오지 못할 것이다.
당신들이 즐겨 읽던 신문도 더 이상 배달되지 않을 것이다.

신문에 난 누군가의 부고를 당신이 관심 없이 지나치듯, 당신도 어느 순간
모든 이의 관심 밖으로 사라질 것이다.
하루하루 살아지다가 어느 하루 홀연 사라지는 것이다.

단 한 사람의 관심 속에서만 사랑은 피는 것이다.
정원의 꽃이 단 한 사람의 관심 속에서 피고 지듯이, 사랑도 은근과 정성이
필요하다.

늙는다는 말을 은근해진다는 말로 바꾸면 안 될까?

냄새가 되어 곁에 머물고 싶다

향수를 사랑한 적이 있습니다.
그 사람보다 그 사람의 냄새를 사랑한 적이 있습니다.
언제나 그 사람보다 그 사람 냄새가 나를 먼저 찾아왔고, 그 사람이 나를 떠
난 후에도 그 사람의 냄새는 오래도록 내 곁에 머물러 주었습니다.

이제 내 것 아닌 그 사람의 냄새를 맡는다는 것은 고통입니다만, 어디선가
그 사람 냄새가 날 때면 나도 모르게 자꾸 뒤돌아보게 됩니다.

혼자 있을 때 그리움은 찾아온다

함께 있을 때, 그리움은 멀리 있다.
혼자 있을 때, 그리움은 어느새 곁으로 다가온다.

사랑하는 사람과 함께 걷는 것이 그리움과 동행하는 것보다 훨씬 좋은 일이다.

그리움은 눈으로 숨을 쉰다

우리는 먼지의 기원에 대해 이야기하면서도 사랑이라는 감정이 아주 사소
한 것으로부터 비롯된다는 것을 잊고 산다.

떨림, 그것은 사랑의 에너지이기도 하다.
먼 데 바라보며 파르르 떨리는 눈 밑, 그 미세하고 작은 떨림을 그리움이라
고 말하고 싶다.

그리움은 눈으로 숨을 쉰다.

종소리, 소요 속에서 찾은 고요

누군가 숲의 지리와 통신에 관해 내게 물었다.
몸만 숲 속에 들어가 있다고 해서 마음이 고요해질 수 있을까?
아니, 그곳에도 바람보다 빠른 인터넷이 있는 걸.
네 마음은 이미 그곳에 없는 걸.

나는, 어떤 소요 속에서 고요를 찾을 때가 있다.
이젠 우리 곁에서 거의 사라져 버린 성당의 종소리라든가 목어 가슴 치는
소리, 그리고 새벽잠을 깨우는 빗소리에서 고요를 느낄 때가 있다.

지난여름엔 이탈리아의 작은 성당에서 종소리를 들으며 누군가를 떠올리기
도 했다.
그날, 어떤 울림과 함께 생겨난 그리움은 종소리보다 오래도록 가슴에 남
았다.

종소리도 그리움처럼 얼마간 떨어진 곳에서 들어야 가슴에 사무친다는 것
을 알았다.

당신만이 내 편일 때가 있다.

대신 죄를 짊어질 수는 있으나, 대신 사랑할 수는 없다.

언제나 기도만이 나를 낮은 곳으로 안내했으며, 나 대신 바닥에 엎드렸다.

기쁨도 내 편이 아니고 슬픔도 내 편이 아닐 때가 있다.
오직, 당신만이 내 편일 때가 있다.

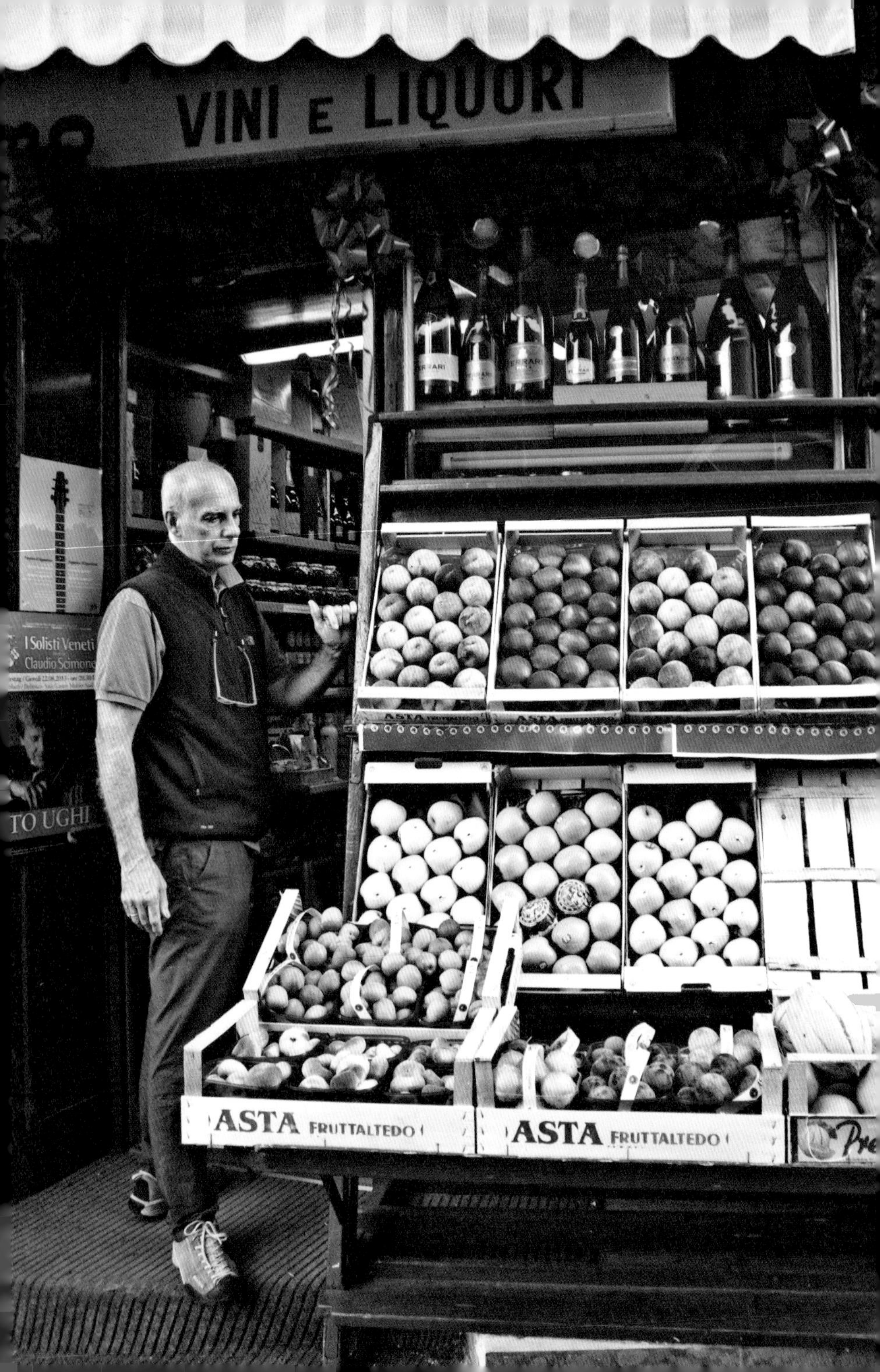

첫사랑을 만나다

잘 익은 복숭아, 수밀도(水蜜桃) 같은 여자를 남몰래 가슴에 품고 살던 시절이 있었습니다.
너무 설익은 복숭아는 퍼렇거니와 딱딱하고, 너무 익은 복숭아는 짓물러 썩어버리지요.
딱 그 중간인, 분홍빛 살갗과 단물이 뚝뚝 흐를 것만 같은 첫사랑이 사춘기의 끝에 아슬아슬하게 매달려 있습니다.

시간이 흐른 뒤 어느 날, 우연히 그녀를 길 위에서 만났습니다.
내 얼굴이 갑자기 사과처럼 붉게 익어버렸습니다.
물속에 들어가 숨을 참다가 물 밖으로 나온 사람처럼, 참았던 그리움이 한꺼번에 터져 버리는 것 같았습니다.

올라가는 감정, 내려오는 감정

산을 오르는 일이 그렇듯 사랑도 올라가는 상태만 지속될 수는 없다.
감정의 끝에 다다르지 않았더라도 분명 내려와야 하는 때가 생긴다.

사실, 사랑은 뜨겁게 올라가는 감정보다 서서히 내려오는 감정이 더욱 중요
하다.

가끔은 나도 주목받는 생이고 싶다

사랑은 지나가고, 시간은 흘러간다.
관심과 외면 속에서.

종말에 우리가 눈을 감을 때 관심도 함께 눈을 감을 것이다.
그때도 우리에 대한 신(神)의 관심은 남아 있을 것이지만.

'가끔은 주목받는 생이고 싶다' 는 문장을 새삼 되새기면서도 나의 영혼만
은 혼자이기를 방해받고 싶지 않은 이 이율배반적인 삶은 외면 받아 마땅할
것이다.

관심받고 싶은 거다, 신에게, 그 누군가에게, 우린 모두.

당신의 히든 카드는 사랑이어야 한다

상처와 사랑은 얼마나 가까운가.
사랑에 관하여, 우리가 숨기고 있는 마지막 카드는 무엇인가.
혹시, 당신은 사랑이 아닌 증오를 손아귀에 숨기고 있는 것은 아닌지.
매 순간 베팅을 해야 하는 게 우리네 생이라면 결국 마지막에 웃는 것은 죽음밖에 없을 것인데, 우리는 왜 그토록 서로에게 상처를 주지 못해 안달하며 살아가는 것일까.
속이거나 속아주는 것이 사랑의 기술은 아닐 텐데 말이다.

인생은 기나긴 레이스.
당신의 히든카드는 죽음이 아닌 사랑이어야 한다.

울면서 마음을 추스르는 우리는

무례한 사람은 마치 허락 없이 남의 서랍을 뒤지는 것처럼, 사랑이라는 이름으로 상대방의 마음을 온통 어지럽게 뒤집어 놓곤 한다.

그런 당당함이 어디에서 오는 것인지 알 수는 없지만, 최소한 그런 행동이 사랑의 영역이라고 나는 생각하지 않는다.

누군가는 사랑이라는 이유로 뺨을 맞기도 한다.
그런데도 아무런 일 없었던 것처럼, 울면서 마음을 추스르는 우리는 누구인가?

소녀가 가장 멀리 떠나왔을 때

누군가 날 데리고 아주 멀리 갔으면 좋겠다고 소녀는 생각했다.
어느 날, 소녀는 정말 누군가의 손에 이끌려 아주 먼 곳으로 갔다.

결혼을 했으며 아이를 낳아 길렀고 몇 번 아팠고 언제부턴가 남편은 곁에
없었다.
늙어 이제 그만 집으로 돌아가고 싶다는 생각이 들었을 때, 소녀는 고향을
지나왔다는 바람을 만났다.

가장 멀리 떠나온 때가 떠나기 전과 가장 가까울 때라고 바람이 말했다.
소녀가 그 이유를 묻자 바람이 답했다.
지구는 둥그니까.

그립다의 어원은 그리다

산길을 걷다 돌아오는 저녁, 갑자기 그립다는 말이 떠올랐다.
아니, 그립다는 말이 떠올랐다기보다 누군가 그리웠다는 표현이 적확할 것
이다.

'그립다'의 어원은 '그리다'.
새들은 제 울음소리에 맞는 이름을, 나무는 제 모양에 맞는 이름을 갖고 있다.
새들의 그리움은 울음으로 그려지고, 나무의 그리움은 몸짓으로 그려진다.
그리움은 함께 나눌 수 없어 새는 혼자 울고, 나무는 덧없이 흔들리며, 인간
은 저 혼자 한숨짓는다.

새는 밤에 그리운 것의 품속에 깃들이다 아침이면 제각각 날아가고, 나무는
그림자를 발아래 깔아 놓고 그리운 것의 영혼을 불러들이며, 인간은 그리운
이의 이름을 속으로 부르며 가슴 속에 얼굴을 그린다.

드러내 울 수도 없고, 갑자기 찾아갈 수도 없고, 목 놓아 이름마저 부를 수
없을 때, 그리움은 완성된다.

음계를 밟듯 서로에게 다가서는 일에 대하여

사랑할 때, 만약 당신이 남자라면 한 그루 나무처럼 언제나 높은음자리표로 서 있어야 한다.

음계를 밟듯, 천천히 올라가고 내려가기를 반복하며 서로에게 다가서는 일이 사랑이므로, 당신은 멀리서도 보이는 큰 나무가 되어야 한다.

당신이 그리워요, 라고 누군가 말할 때, 그 사람 마음에 끝없이 울림을 주어야 한다.

생을 바친다는 것

무언가를 위해서 자기 생을 바친다는 것은 어렵지만 충분히 아름다운 일이다.
한낮의 빛이 아무런 대가 없이 우리 이마 위에서 빛나듯, 어디에서는 몇 그루의 나무가 하늘을, 또 어디에서는 몇 개의 기둥이 묵묵히 지붕을 떠받치고 있는 것이다.

오늘 아침, 당신과 당신의 식탁을 지탱하고 있는 것은 무엇인가?

오직 사랑만이 중요한 것

사랑한 시간보다 이별이 너무 길다고 느껴질 때가 있다.
그러나 사랑은 길고 짧은 게 중요한 건 아니다.

오직, 사랑만이 중요하다.
함께 사랑하는 것만이 중요하다.

등 뒤의 폐허

눈앞에 펼쳐진 강은 무섭게 출렁거리고, 등 뒤의 폐허는 죽음과도 같다.
당신이 삶과 죽음 사이에서 이리저리 헤맬 때도 아이들은 무심하게 자란다.
곧 쏟아져 내릴 것 같은 건물의 표면은 피곤한 당신의 모습이다.

사랑은 쌓아 올릴 때는 평생이 걸리기도 하지만, 무너질 때는 한순간이다.

누군가의 마음에 발을 헛디디다

세상은 구멍투성이, 당신이 지금 서 있는 곳은 복개천 위일 수도 있고 하수
관이나 지하도 아래일 수도 있다.
우주에서 보면 지구도 하나의 작고 푸른 구멍, 우리도 달처럼 발을 헛디딘
것일는지 모른다.

우리는 흔히 '사랑에 빠진다' 고 말한다.
사랑에 빠진다는 말은 곧 누군가의 구멍 뚫린 마음에 발을 헛디뎠다는 뜻은
아닐까.

그리움, 그것은 사랑의 수로일 뿐

사랑하는 사이일지라도 많은 것을 함께 할 수 없다.
함께 할 수 없기에 우리는 단 한 시간이라도 함께 머물기를 바라는 것이다.

누군가는 그립다는 생각이 드는 것만으로도 사랑이라고 단언하지만, 그리
움 그것은 다만 사랑의 수로일 뿐이다.

그리움의 물길을 천천히 지나가야 비로소 사랑 앞에 당도하게 되는 것이다.

사랑은 함께 가는 것

같은 날 사랑이 시작되었어도
같은 날 함께 죽기는 어려운 게 삶이지.

그러나
함께 죽지 못해 안달인 것이 또한 사랑이지.

구멍 속으로

우리 몸은 구멍 그 자체이다. 눈, 코, 입, 귀 등 7개의 구멍이 전부인 것 같지만, 500만 개의 땀구멍이 우리 몸을 이루고 있다. 코와 입으로만 숨을 쉬는 게 아니라, 피부로도 호흡하는 것이다.

우리는 구멍에서 태어나 구멍 속에서 살다가 구멍으로 돌아간다. 구멍 속으로 밥을 밀어 넣거나 구멍 속으로 사랑을 속삭이며, 구멍을 통해 사랑의 밀어와 오욕을 함께 듣는다.

사랑할 땐 서로의 구멍을 찾아 빈틈을 메우고, 이별할 땐 구멍을 빠져나오며 상처를 남기기도 한다. 당신이라는 구멍 속으로 들어가는 것이 궁극적인 사랑의 목적이다.

사랑은 눈빛과 입술로 다가서지만, 증오와 분노 또한 눈빛과 입을 통해 드러난다. 그러므로 사랑은 피부로 호흡해야 한다. 배려와 다정은 함께 잡은 손, 손바닥의 땀구멍으로 숨쉬기 때문이다.

속수무책인 사랑이 좋다

때로, 사랑은 씩씩하게 말을 건네며 다가오기도 한다.
누군가는 쳐들어오는 사랑 앞에 속수무책으로 마음의 영토를 내어주기도
한다.

하지만, 사랑은 얻는 것보다 지키는 것이 더 어렵다는 것을 우리는 잘 알지
못한다.

사랑의 무덤

정말, 결혼은 사랑의 무덤일까?

사랑이 있던 자리에 어느 날부턴가 돈과 아파트와 자동차가 들어오기 시작
했으므로, 사랑은 울면서 과거로 쫓겨나 버렸다.

문제는 간격이라니까

모든 사물은 관심을 두는 쪽으로 기울게 되어 있다.
식물들의 관심은 오로지 생존이기에 햇빛이 드는 곳으로 몸을 기울이게 되는 것이고, 사람의 마음도 관심이 있는 사람을 향해 기우는 것이 당연한 이치이다.

누군가에게 마음이 기운다는 것은 기대고 싶다는 말과 다르지 않다.
관심은 중력과도 같아서 서로를 끌어당긴다.
한 곳으로 기운 두 사람의 몸과 마음은 서로 기대며 의지하게 되는 것이다.

문제는 혼자만의 마음이 다른 사람을 향해 일방적으로 기울 때이다.
나무도 인간관계도 결국엔 적당한 간격이 중요하다.
끌어당김과 적당한 간격 유지, 그것은 이 우주가 유지되고 있는 가장 기본적인 조건이기도 하거니와 별들의 생존법칙이기도 하다.

꽃이 흔들리는 것은 지나가는 생에 대한 격려

꽃이 흔들리는 것은 지나가는 생에 대한 격려

한 사람 지나갈 때마다 닫힌 문 앞의 꽃이 흔들린다.

꽃이 흔들리는 것은 어쩌면 지나가는 생에 대한 격려일지도 모른다는 생각이 들었다.

우리네 인생도 굳게 닫힌 다짐보다는 격려의 박수 소리가 더욱 필요한 것은 아닐까.

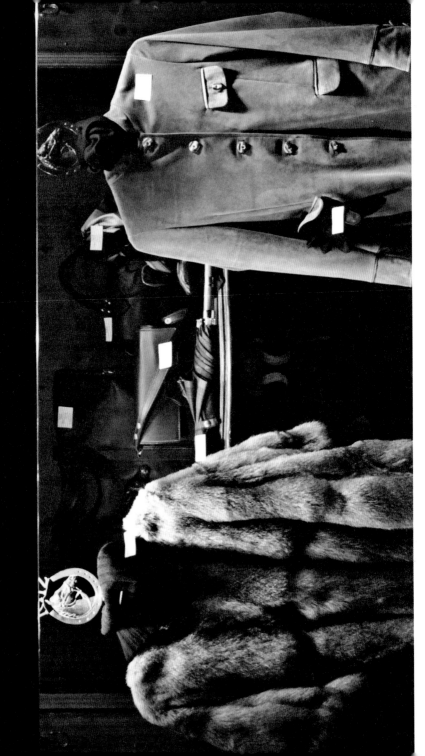

그리움을 겹겹이 껴입고 싶다

어쩌면 우리는 서로의 이미지를 사랑한 것인지도 모른다.
사랑이 걸치지 않아도 웃은 그 자체로 충분히 아름답다우며 권위적이기까지 하다.

그리움도 웃과 같은 것인지도 모른다.
나는 아디에도 안 보이는데 나는 네가 그립기만 하다.

한 사람에 대한 그리움만 몇 년 동안 입고 다녔더니 그리움도 해지는지 마음의 소매가 닳았다.

너에 대한 그리움을 겹겹이 껴입고 싶다.

신문은 빵의 배경이 되어 주어야

어린아이는 빵을 먹고, 어른인 남자는 신문을 읽습니다.
그러니까, 빵은 분능에 가깝고 신문은 이성에 더 가까운 것이라 할 수 있습니다.

신문은 빵의 배경이 되어 주어야 합니다.
어른은 아이의 배경이 되어 주어야 합니다.

음악 같은 이야기를 듣고 싶다

음악은 나를 아주 먼 곳으로 데려다 주곤 했다.

물론, 그 먼 곳에서 다시 돌아오는 것은 어디까지나 내가 알아서 할 일이었지만, 적어도 음악만큼은 술집 주인처럼 나를 집으로 돌려보내려 하지 않았다.

음악을 모르고 늙어간다면, 그것만큼 불쌍한 일은 없을 것이다.

음악을 듣는 동안 시간은 멈추었으며, 음악은 그 누구도 들어주지 않는 나의 이야기를 얼마 동안 들어주었다.

바람 부는 날엔 음악 같은 당신의 이야기를 듣고 싶다.

마지막을 위해 남겨져야 할 것

처음은 마지막을 위해 남겨져야 하는 것이다.
첫사랑의 안타까움 또한 마지막 사랑을 위해 남겨져야 한다.

그러므로 모든 첫사랑이여, 마지막 사랑을 향해 뛰어내리자.
그 깊이를 알 수 없는 바닷속으로 뛰어들 듯, 눈을 감고 뛰어내리자.

사랑한다면, 기다려 줄 것

만약 당신이 누군가를 기다리는 일이 지루하게 느껴진다면, 조만간 사랑하지 못할 확률이 97퍼센트이다.

지나친다는 것, 그것은 속도와 적지 않은 관계가 있다.
어느 날 고속도로 간이 정류소에서 버스를 기다리고 있었는데, 안타깝게도 버스는 나를 지나쳐 한참을 질주했다. 내가 손을 흔들었지만 버스는 너무 빨랐고 서 있던 나는 내 의지와 상관없이 버스와 멀어졌다.
만약 고속도로가 아니라 국도였다면 버스는 속도를 줄여 천천히 달렸을 것이고, 기껏해야 정류장을 서너 걸음 정도 지나쳤을 것이다. 그리고 난 몇 걸음 만에 버스에 올라탈 수 있었으리라.

사랑도 다르지 않다.

너무 빨리 서두르는 사랑은 어느 지점에선가 어긋나기 마련이다. 두 사람의 속도가 똑같을 필요는 없지만, 어느 한 사람의 속도가 너무 빨라 자칫 다른 사람의 손 흔드는 마음을 그냥 지나칠 수도 있기 때문이다.

결국 돌이킬 수 없는 지점에서 때늦은 후회라는 비상등을 켜고 기다릴 수밖에 없을 것인데, 힘들게 버스에 올라탔다 한들 그런 사랑은 아주 위험하다.

사랑은 어차피 기다리는 일의 연속이다. 집에 간 사랑, 군대 간 사랑, 길 막혀 늦는 사랑, 퇴근이 늦는 사랑, 몸이 아픈 사랑을 기다려 주는 것이 진짜 사랑이다.

사랑, 그것은

사랑은 움직이는 것이고…

그리움, 그것은

그리움은 멈춰 서 있는 것.

그리움도 나이를 먹는다

그리움도 나이를 먹는다.

다만 우리가 늙어갈 때, 억척과 고집보다는 잔잔한 미소만 잃지 않으면 된다.

대리자의 삶

우리는 너나 할 것 없이 가면을 쓰고 배역에 맞는 대리자의 삶을 살고 있다.
칼 융의 말을 빌려 오면, 우리에게 주어진 역할은 일종의 페르소나(Persona)
다.
자식 앞에서는 아빠라는 역할을, 아내 앞에서는 남편이라는 역할을, 남편
앞에서는 아내라는 역할을, 부모 앞에서는 자식이라는 역할을 하며 살아가
고 있는 것이다.

도대체 나는 어디에 있는가?
어떤 배역이라도 충실하게 맡은 바 역할을 다하는 사람도 자아 즉, 자기 자
신의 역할에는 한없이 미숙한 경우가 적지 않다.

가면은 벗으면 벗을수록 또 다른 표정이 나타나므로, 첫 느낌 그대로 간직
하고 가는 것이 좋다.

늙어간다는 것

늙는다는 것은 적당히 떨어져 지내게 된다는 것을 의미한다.

나이 들면 나무들처럼 적당한 간격으로 서서, 한 사람을 잃어도 영향받지 않을 만큼만 떨어져 지내게 되는데, 그것은 타인의 죽음이 나의 삶에 영향을 미친다고 생각하기 때문이다.

마치, 태풍에 쓰러진 나무 한 그루가 다른 나무를 덮쳐 쓰러뜨리는 것을 알고 있는 것처럼.

돌을 파고드는 심정으로

돌에 대해 생각해본 사람이라면, 돌의 무게와 돌의 끈기와 돌의 인내에 대해 생각해본 사람이라면, 인간의 무게와 인간의 끈기와 인간의 인내가 얼마나 작고 어설픈 것인지 알 수 있다.

돌 앞에서, 어쩌면 인간은 반성문만 써야 할 것이다.
무심코 집어든 돌멩이 하나에도 수많은 시간이 뭉쳐 있다는 것을 우리는 모른다.
어차피 인간의 시간은 돌 틈에도 스미질 못할 것이다.

그러나 이 돌조차도 부드러움을 이기지 못할 때가 있다.
어린아이의 미소와 연약한 들꽃의 뿌리가 돌 속에 스며들어 오랜 시간 뒤 돌을 쪼개기도 한다.

돌을 파고드는 심정으로, 그렇게 조금씩 사랑에게 건너가자.

눈물의 방

삶이 감동만 이어지는 건 아니다.
감동과 서러움과 기쁨과 후회와 서글픔이 우리와 한방을 쓰며 살아가듯이,
그 맵고 씁쓸하고 달콤하고 아린 것들의 바닥에는 눈물 방이 있다.

슬퍼도 눈물이 흐르고 기뻐도 눈물이 흐른다.
사랑하는 이가 떠나도 눈물, 사랑한다는 말을 들어도 눈물, 슬픈 영화를 보
다가도 눈물을 흘린다.

가끔, 길을 잘못 든 불행이 눈물의 방을 두드리기도 한다.

사랑을 느낄 때

누군가 외로운 섬처럼 느껴진다면, 당신에게도 사랑이 찾아왔다는 증거다.

우리만 모른다

벼랑 위 둥지 속 어린 새들에게 어미의 입은 생명줄 그 자체이다. 새끼들은 어미가 목구멍을 벌려 토해 놓은 먹이를 먹고 자란다. 본능적으로 어미 입 속에 제 머리를 들이밀던 어린 새들은 어미가 아닌 다른 새가 날아와 입을 벌려도 머리를 들이미는 것이다. 먹이를 주기 위해서가 아니라 제 몸을 먹이로 삼기 위해서 벌린 입이라는 것을 알지 못한다.
생사 구별이 아무런 의미가 없어지는 순간이다.

어찌 새들만 벼랑 위에 산다고 할 수 있을까.
우리가 사는 고층 아파트 역시 위태로운 벼랑일 뿐이다.
어린 새들처럼, 우리도 매일 매일 생사의 갈림길에 서 있다는 것을 우리만 모른다.

늙음과 낡음의 차이

늙었으나 아직 시들지 않은 저 노인의 등짝은 인간의 삶이 어떻게 단련되어야 하는가를 말해주고 있는 것 같다.

살아 계실 적 내 아버지 등판도 저보다 당당하지 못한 것은 아니었으나, 그 어깨에 매달린 생이 너무 무거워 보였으므로, 그 무렵 아버지 나이가 된 지금에서야 나는 불쌍한 가장의 처진 날갯죽지를 가만 어루만지던 어머니의 심정을 이해하게 되는 것이다.

그러나 이탈리아 노인의 저 등짝은 '늙음' 과 '낡음' 의 차이를 극명하게 보여준다.
나도 늙어 갈 것이나 낡고 싶진 않다고, 서글프게 몇 자 적어본다.

살아있는 동안 서로의 등을 어루만질 것

자신의 등을 본 사람은 아무도 없으므로, 등은 달의 뒤편과도 같은 우리 몸의 오지(奧地)다.
그래서일까, 타인의 등을 쳐다볼 때 관음증이 주는 쾌락보다 서글픔이 앞서기도 한다.

한 번도 가 본 적 없는 곳의 지명과 한 번도 본 적 없는 사람의 이름이 갑자기 떠오를 때가 있다.
마치 그곳에 가 보았던 것처럼, 마치 어디선가 만났던 것처럼.
그러니 서로 등지지 말고 살아야 한다.
등 떠밀지 말고 몸의 오지를 보듬어 주어야 한다.

살아있는 동안은 서로 사랑할 것, 사랑하여 끌어안으며 서로의 등을 어루만질 것, 그리하여 저 혼자 쓸쓸히 낡아가는 상처의 눈을 감겨줄 것.

당신이 저녁에 잠들 때 등은 상처뿐인 당신의 하루를 고스란히 떠받쳐 준다.
당신이 세상과 이별하며 영영 잠들 때에도 등은 당신의 전생(全生)을 고스란히 떠받치며 당신과 함께 잠들 것이다.

나이 마흔 살의 얼굴

당신은 무엇으로 사는가?

나이 마흔 살을 넘기면 자기 얼굴에 책임을 지라고 했다.
몇 푼의 돈을 모으고 몇 다발의 사랑에 몰입하다 지쳐 어느새 얼굴에도 얼룩이 질 나이가 마흔 살 전후다.

누구에게나 마흔 살은 오느니 새끼와 사랑과 꿈과 죄를 앞에 두고 얼룩지지 않을 자신이 있는 사람이 몇이나 될까마는, 그래도 얼굴에 얼룩 만드는 일 없이 맑게 노래 부르다 갈 일이다.

너라는 감옥

나는 너라는 감옥에 수감된 죄인이다.
사랑 때문에 비로소 죄목이 분명해지고, 종종 사랑 때문에 증오라는 혐의가
입증되기도 한다.

그럼에도 불구하고, 우리는 자진해서 사랑이라는 감옥에 갇히길 원한다.

죽음보다 유용한 비굴

사랑은 때로 선택을 강요한다.
어떤 이는 사랑 앞에서 죽음을 선택하기도 한다.

하지만, 비굴은 죽음보다 유용(有用)하다.
그 유용함 위에서 이루어진 사랑이야말로 우리를 진정 비굴에서 벗어날 수
있게 해준다.

이탈한 자의 자유

느닷없이 어제와 다른 것이 하나도 없다는 것을 발견하게 될 때가 있다. 이렇게 살아도 될까, 가끔 회의가 들기도 하지만 그냥 눌러앉아 살자고 스스로 다독거릴 때가 대부분이다.

어쩌다 사소한 일이라도 생기면 살짝 걱정부터 앞서고, 제발 무슨 일이라도 생기길 바라는 권태에 찌든 사람들도 이탈 앞에선 두려움 반 기대 반일 수밖에 없다.

획을 그을 수 있을지 어떨지는 모르겠지만, 한 번 사는 인생 가끔은 이탈한 자의 자유를 느끼며 살 필요가 있다.

사랑은 은유

사랑은 은유다.
누구든지 사랑에 빠지면, 내 마음은 바다가 되고 당신은 바다 위에 정박 중인 배 한 척이 되는 것이기에……

사탕과 사랑

사탕은 순수하다.
쓴맛을 단맛으로 속이지도 않는다.
달콤한 맛으로 혀를 현혹하는 것은 사탕 장수의 농간이지 사탕의 죄는 아니다.

우리는 어릴 때 사탕을 입에서 놓지 않고 지내다가 커가면서 사탕을 멀리한다.
세상 쓴맛을 알게 되면서 순수의 단맛을 잃어버리게 되는 것이다.
그러다가 늙어 다시 아이처럼 몸이 작아지면 우리는 다시 사탕을 찾는다.
마치 어릴 적 그랬던 것처럼, 환하게 웃으며 박하 향을 입 안 가득 물고 잠이 드는 것이다.

기다리지 않아도 너는

기다리지 않아도 너는 온다.
와서, 한 시절 웃고 떠들다 흔적도 없이 돌아가는 게 생이다.

소녀야, 비밀스럽게 안을 들여다보는 심정으로 살아갈 일이다.
조금은 겸손하게, 또 조금은 비밀스럽고 조심스럽게 생을 보낼 일이다.

어느 날 와락, 하고 문이 열리는가 싶더니 닫히는 게 인생이다.
꽃 같은 게 인생이다.
아무렴, 꽃 같은 인생이다.

삶에 지름길은 없다

우리는 곧잘 인생을 무단횡단하려 한다.
삶에 있어서 가까운 지름길이란 없다.
죽음에 닿기 위해 생을 질러갈 필요는 없는 것이다.

우리는 언제부터 앞만 보고 내달리며 돌아보지 않게 되었는가?

사랑은 반복입니다

누군가를 향해 매일 걸어갈 수 있다는 것은 행운입니다.
그 대상이 신이든, 사랑하는 사람이든, 아픈 사람이든, 그리운 이든 누군가
나를 기다리고 있다는 것은 행복한 일이 아닐 수 없습니다.

당신이 나를 향해 걸어올 때 나는 당신의 것이며, 내가 당신을 향해 걸어갈
때 온통 당신에 대한 생각으로 가득 찬 내 마음은 당신의 소유가 됩니다.

사랑은 반복입니다.
반복해서 되뇌는 기도문처럼, 사랑한다는 말은 반복되어야 하며 그 반복 속
에서 의미를 찾아야 합니다.
지겨워지면, 그것이 무엇이든 반복하지 않게 되니까요.

넌 날 사진으로 간직하지만

난 언제나 너를 기다리지, 길쭉하게 소매를 내민 스웨터를 입은 채로.
언젠가는 네가 나타나 그 스웨터 끝을 잡고서 골목 안으로 날 이끌 테니까.

네가 날 잊지 않는다면 난 쇼윈도 안에서 너를 기다리며 영원히 살 수도
있어.
하지만 그 모든 바람이 부질없다는 것도 잘 알고 있지.

넌 날 사진으로 간직하지만, 난 널 사랑으로 간직하고 있지.

내 귀는 거짓말을 사랑한다, 마칩니다.